文芸社セレクション

言葉の花束をあなたに

谷 早苗

TANI Sanae

文芸社

目次

虹の架け橋

かつて不毛の地といわれた
愛蘭土《アイルランド》の空で虹を見た
厚い雲に覆われ
雨を降らせた広い空に
ひょっこり姿を見せた
気がつく人つかぬ人
旅の予定にはなかったが
大きな美しい虹だった

ことばの花びら風にのせて

寄せ木箱に時の思いを包み込んで
大切にしまっておいたことばの花びら
両手いっぱいにたぐりよせて
そーっと息を吹きかけた
恥じらいと果敢な勇気を練り込みながら
ひとまとめにして風にのせた

するとパラッとほどけて冠毛になり
行き先も告げずに飛んでいく
わたしはそーっと
小さな願いをつぶやいた

あなたのこころに
一輪の花が咲きますように

大地の輝き

幾世代にもわたって育まれる命
それはいつの世にも子供が青年になり大人へと変化する
生きとし生けるもの
小さな息吹が自然の営みの中で育まれる母なる大地

人も木も動物も風を感じ陽の光を浴びて成長する
ゆっくりと時を重ね
ゆっくりと育まれる
母なる大地
自然の営み

めくりめく日ごとの歴史の中で
人は生き人は死ぬ
人と出会い愛を育み家族を作る
繰り返される歩みの中で
人は惑い考える
出会いと別れ喜びと悲しみ

大空を吹き渡る風
果てしなく広がる海
静かなる山
それらは時として怒り狂う
まるで感情のある生き物のように
恐ろしく吠え激しく襲いかかる

怯え憂いが平安を消し
暴力偏見が心の扉を閉める
抑えきれない感情が
破滅への道を歩ませる
国を超え肌の色は違っても
人は皆大地に生きる

しっかりと根を下ろした木々は風雪に耐え
日々の暮らしの中で生まれた人間の知恵
その大いなる文化遺産が豊かな年輪を作る
脈々と流れるいのちの息吹
連連とつながる生命のリレー
大地の輝き

キラキラと光る海
さわやかな風
清らかな水
ひそやかに咲く一輪の花
その一つ一つは自然の輝き
恵みの宝箱

明るい子供たちの笑顔
輝く瞳
その生き生きとしたエネルギーに
大人は明日への活力を見いだす
未来を担う子供たちに
幸せの祈りを込めて

踏ん張る力

私はこの現代に生きている
人間が月着陸に成功した
今まで考え及ばなかったことが
可能な時代である
そんな時代に私は生きている
どんなに急速なテンポで進もうと
私は決して自己を失うまい
自分自身を守るためにも
押し流されはしまい

３Ｄの世界

宮益坂　道玄坂
この街を歩いていると
不思議な時の空間を歩いているようだ
青春の衣を着た自分と
今の自分がすれちがう
未来の姿は
まだ見えないけれど

雲の表情

世界の空をかけめぐっていた頃
私は一つの大きなことに気がついた

東南アジアの雲はダイナミックだ
青く澄み切った空に
ムクムクとわき上がる仁王立ちの雲の姿

太平洋の雲はポーカーフェイスだ
一人のんびり遊飛行を楽しむ

ヨーロッパでは

フワフワと綿菓子のような雲を見て
モネの絵を思い出した

二月のひんやりとした日本の空では
白い月の落款を押した
著名な書家の大胆な一筆書き

季節によって変化する日本の空は飽きることがない
水戸の駅前で見た空の広がりに
遊び心も広がった

奈良を旅して

平城人の都　奈良
山々と若草萌ゆる都
いにしえ人の豊かな感性が
あちこちに息づいている
現代の過度な合理性もほどほどに
自然と人の営みの調和がとれた町

そぞろ歩きをしていると
お茶の香り
奈良漬けの店先
格子戸のある町並みは

人の声・顔の見える
人々の暮らしを映し出す

桜　いろいろ

久しぶりの一人旅
車窓から眺める気楽な旅
春霞の中でまだら模様の桜
花見客をもてなすさくら
シンフォニーを奏でるサ・ク・ラ
ひとりんぼのさ・く・ら
川面に姿を映すナルシストのサクラ
ほめられて頬を赤く染める乙女心の桜
細い枝を風にまかせ花やいだ…

何気ない時間が私に豊かさをもたらしてくれた

母の姿

愚痴をこぼさず
争うこともせず
多くを望まず
他力本願でもなく
心の持ちようが幸せにつながると
教えてくれた母の姿
そして
清々と生きることを

大草原のシンフォニー

—長門市千畳敷を訪れて—

きつい坂を上ったところに緑の大草原があった
強い風にあおられながら
目の前に広がる空と海と島々の連なり
その景色を見るやいなや
私の心にスイッチがはいった
耳をダンボにした
聞こえてくる大草原のシンフォニー
茎高のタンポポとクローバーは
オーボエとピッコロ
横広の灌木はマリンバ

ピンクつつじの揺らぎはチェロ
そして草原のそよぎはバイオリン
指揮者は風にのって舞い降りたカラヤンだった

キューピッドにお尋ねします

あなたも彼女もまたあの人も恋をしているの
彼らにあったら必ず聞かされるラブストーリー
どうしていつも聞かされるの
もういいわ
うんざりよ
キューピッド君
ねえ　親愛なるキューピッド
わたしのハートって堅いのかなあ
それとも
あなたの腕前にぶってしまったの?

冬の夜

更けゆく夜のしじま
部屋を訪れるものは
木々のざわめきと
遠くで走る電車の音
ガラス戸をたたく冷たい風
カチッカチッと時を刻む時計の音
私はひっそりと耳を澄まし
夜の帳の中にいる

恋の使い

ある晴れた日に
あなたは青空になるがいい
そして
雲の使いを出して
わたしを迎えに来ておくれ

雨の日には
静かに雨だれの輪を楽しもう
そして
虹が出たら
晴れやかに帰っておくれ

風のある日には
思い切り吹き荒れるがよい
そして
部屋の窓をたたいて
入ってきておくれ

ぼたん雪

大きいの小さいの
どんどんどんどん降るぼたん雪は
赤いサザンカにしみわたり
どんどんどんどん降るぼたん雪は
梅の花に消えていく

いつのまにか
モヤモヤの気持ちも消え去った

雨

雨が静かに降っている
シトシトと降る佇まい
耳を澄ますと
ふしぎな安らぎと物言えぬ寂寥感
その二つを天秤にかけてみた
奇妙なコントラストの一日だった

七夕の日に

空を飛ぶ鳥のように　伸びやかに
野に咲く花のように　素朴でありたい

蛍

闇に飛び交う小さなひかり
楚々と舞う
夢幻のひかり
水辺のひかり
密やかに飛び
はかなく消える

秋は芸術家

晩秋の小道を行けば
そこは心弾むアートストリート
入場無料がいい

風におののく細い葉は
緑を残し濃淡の色合い
微妙な風合いは絶妙だ

黄色い葉っぱの重なりは
歩道に曲線を描く
日によって変わるのが楽しみだ

赤い葉の裏は意外と地味だ
裸木の流線型も風情がある
作者の名がわからないのは不親切だ

雨上がりの日
水たまりに青い空と木々が映る一幅の絵を見た
自然が織りなす最高傑作だ

恋心

好きです　好きなんです　とっても
あんたにお会いしたら
心が震え出すのです
手が震えるんです
顔が体中がブルブルって震えるんです

キューピッドさん

この切ない想いをあの人に届けて

好きです　好きなんです　とっても

まだお顔もお名前も知らないのに
心だけが知っているのです
どうか私の愛するお方
今日のような青空の日にお目にかかれますように

生まれ変わったら

もし私が生まれ変わったら
私は一本の木になりたい
年輪を刻みながらしっかりと根を下ろし
空に向かって伸びていく大きな木になりたい

春には芽吹いて緑の濃さを増し
夏には木陰で子供たちのおしゃべりを聞き
秋には流行のパッションカラーに染まり
冬には質素にスリム化し
天から降ってくる粉雪にキリリと身をただす

四季折々の節目に居ずまいを正し
鳥のさえずりを聞きながら
青い空を眺める

時には雷におびえ
時には激しい風に吹き倒され
時にはキツツキにつつかれるかもしれないが

私は私らしく大地にしっかり根を張って
太陽の光に輝きを増す木でありたい

厳しい冬

冷たい風に耐えながら
吹雪の夜には身を丸くし
凍てつく道を踏みしめながら歩んできた
季節は喜びも悲しみも知りながら
ただ通り過ぎていく

幾重にもわたる雪の層は厚く
泥にまみれたしじまの層が心に重い
軒下に連なるつららの先は鋭く
年月の重なりが心に痛い

初々しい気持ちは遥か彼方
心は疲れ荒れ果ててしまった
若き日の想い出は
いつのまにか封印してしまった

雪明かりに陽の光を重ねてみた
翼の上には
いつも輝く太陽があった

どんよりした冬空の上には
いつも輝く太陽があることを心に刻もう
そして
エネルギーを与えてくれるあたたかい太陽があることを

あなたがくれた贈り物

いつかここに一緒に来たかったとあなたは言った
五月の下館の朝
五行川の川べりに連れて行ってくれた
菜の花の咲く明るい日射しの日
川面のやさしいせせらぎ
水は清らかだった
広大な平野を我がものとする小鳥のさえずり

それは伸びやかだった

銀杏みどりの木の下で春を思いっきり吸ってみた

あなたと共に手を携えて歩く

ほのぼのと心安らぐ風景

わたしが遠い昔から心に描いていた風景を
あなたはさりげなく与えてくれた
オパールにも似た春の煌めきを

喜怒哀楽

嬉しさを身体一杯にたたえ喜んだこと
怒りがこみあげ全身で腹をたてたこと
身体を震わすほど哀しみ涙を流したこと
笑って笑って笑いに包まれて楽しんだこと
私の人生に何回あるだろう

そよ風と薔薇

初夏の風の
爽やかな愛撫を感じるとき
わたしはとてもしあわせ

そして

赤い薔薇の
あの情熱的なキスを受けるとき
わたしは生きている幸せを感じるのです

寝付けない夜

単身赴任の夫

あなたからの音信が無いとき
私がどんな思いで夜を過ごしているかご存じ？
人の気も知らないで
あなたの無事をいつも考えて心配しているのに

グーグー高いびき？
深夜になっても帰って来ず
留守電のつれない返事が返ってくるだけ

心落ち着かぬ夜
そんな気持ちご存じないでしょう?
だから電話はしないと決めたの
電話のベルがならない夜は
心落ち着かぬ夜
寝付けない夜

噴火

それは　突然やってくる
積もり積もった悲しみに耐えかねて

心の噴火が起きたとき
ひそかに奥底で眠っていた悲しみが　突然蘇る
ドクドクと流れ出る溶岩を私は止めることが出来ない

ほとばしる濁流に耐えかねて
わたしは　酒をつぐ

闇に飛び散る火柱は

私の理性から一人歩きして
酔った勢いで空中へと舞い散る　華々しく
デリケートなハートを
たまには千鳥足で歩かせて

弔い

―雲仙を旅して―

ふつふつと今も沸き立つ雲仙の硫黄泉
地獄巡りの散歩道
湯煙が夕闇に立ち上る

かつて沸き立つ鉱泉の熱湯が
隠れ切支丹にかけられたと
十字架が語る昔話

目をつむり
遥か遠くを思い起こせば

どこからか小鳥のさえずりが聞こえてきた

荒々しい過去への弔いを
湯煙に託し
小鳥のさえずり
天に届けよ

生きる

岩だらけの土地で
厳寒の地で
砂あらしの中で生きる人がいる
国境を越えてさまよう人々がいる
学びたくても学べない若者がいる
この地球上で
さまざまな環境の下で

人はけっして平等な幸福感はないことを知る
しかしそのような状況下でも
人は懸命に生きているのだ

視点を三百六十度広げてみると
見える世界も違ってくる
おのれの「足る」を知り
何ができるかを自分に問いかけてみた

花曇り

こぬか雨に色とりどりの傘をさし
桜並木をそぞろ歩いた
人通りの少ない向こう側に佇む一本の桜
寒さに打ち震え家の軒先にそびえたっていた
ひらひら　ひらひらと
ひとひらの雪に似て
うっすらと地面に身を寄せるように花びらが降り立つ

しとやかに　しとやかに
諸行無常の侘びしさを秘めながら
淡い花のじゅうたんを織りなす

華やかさ　あでやかさとは違った花のいでたちに
わたしの琴線は打ち震え
喜びも悲しみもおおきな年輪に刻み込んだ桜の木は
国の花として凛とした風格をもっていた

誕生月

さわやかな五月が来た
十二ヶ月の中で私はこの月が一番好きだ
この月に私は生まれた
緑には輝きが増し
肌に心地よい風が吹く
全ての物に生命力を宿し
伸びていこうとするエネルギーを放つ

そんな思いに願いを込めて
早苗と名前をつけてくれたのだろうか
六十五才を迎え

わたしは日々の積み重ねをし
何か人に喜んでもらえることができたらと
新たな自分探しの旅が始まる

わたしの歩み

小さい頃は多くの見守りの中で育まれ
一人歩きができるようになると
背丈が伸び活動の範囲が広くなった
十代の頃は学生時代、思春期で様々な本を読んだ
成人式を迎えた二十代
社会人としての自覚のもとに繋がりの世界も広がった
故郷を離れ自立の時
さまざまな失敗や楽しさも経験しながら青春時代を楽しんだ

やがて二人で歩む人生を選び
家庭を築き協調・共感・協同の営みをする

子育ての時期は
生を受け、慈しみ育て
成長の過程を見るおもしろさ
親子と言っても我がものではない
人の成長には近道はなく個々の違いを知り
時には静観し「待つ」ことの心のゆとりに気づかされた
そして五十代、それぞれは成長し伴侶を得て
あっさりと巣立っていく

還暦を迎えた六十代、年老いた両親を感謝と共に見送った
七十代になると、高齢者呼ばわりの書面が届き
これから健康的な自立の必要性が身にしみる
若い頃には想像すらしていなかった今の自分の姿
「光陰矢のごとし」とはいうけれど

人生はあっという間に終わりを告げる
小さな歩みの中で、不器用な人生でも
人それぞれの積み重ねはかけがえのない宝物だ
一生懸命に生きてきた証

それに目を向けて心豊かに歩んで行きたい

ブルーに染まる

言いたくても言えないとき
空しさが通り過ぎる風のように
私の心を吹き抜けていく
一睡もできなかったせいだろうか
奥底に潜む嵐の感情が傷ついた心をなめまわす

刃を向ける勇気がなくて
トゲを向ける勇気がなくて
私は蚕のようにことばを紡ぎ出す
心の奥底からの叫び
得体の知れない固まりが私をブルーにする

空

澄みきった青い空はわたしの心の原風景だ
ふるさと宮崎の空は広くいつも変わらぬ青空があった
その色は掛け値なしの空の青だ
二十一世紀になって空を見上げるたびに
東京に住むわたしはため息をつく
ゆったり広々としていたはずの空が
△　□　ギザギザと　切り取られる

テロ　環境破壊　経済不安
それに天災までもが平穏な日々を脅かす
明快さのない社会の中で灰色の世界が天空にも広がる

放射能や地雷のない地上で
無心にかけまわる子供達のすがたが
ずうっと　ずうっと続いてほしい

サニースマイル

いつも明るい笑顔で接して下さったサニースマイル
全力でさまざまな児童英語の指導のありかたを
伝授してくださった
そのおかげで私は出会った子供達にハートフルな思いを
伝えていけたのではないかと自負しています

テクニックだけではない

全人格を受け入れるこころのあたたかさを
笑顔で包み込むやさしさを
長い目でみる道のりを

ほめて伸ばす魔法を
あなたが折に触れて言っていらしたこの言葉は
とても大切なことだと思っています

戻らなかった青春

私の生まれる前　笑い声の行き交う青春が突然奪われた
穏やかな青い空が爆撃機の飛び交う空となった
笑顔が悲鳴となり笑い合う顔が恐怖におののいた
多くの若者が修学旅行で訪れるひめゆりの塔
戦争を知らない若者があの頃と同じ目線で過去を知る

青い海に囲まれた沖縄の空に静かに響く

戻らなかった青春の声

二度とあってはならぬ

料金受取人払郵便

新宿局承認

2523

差出有効期間
2025年3月
31日まで
(切手不要)

郵便はがき

1 6 0-8 7 9 1

1 4 1

東京都新宿区新宿1－10－1

(株)文芸社

愛読者カード係 行

ふりがな お名前		明治 大正 昭和 平成	年生 歳
ふりがな ご住所	□□□-□□□□	性別 男・女	
お電話 番 号	(書籍ご注文の際に必要です)	ご職業	
E-mail			
ご購読雑誌(複数可)		ご購読新聞 新聞	

最近読んでおもしろかった本や今後、とりあげてほしいテーマをお教えください。

ご自分の研究成果や経験、お考え等を出版してみたいというお気持ちはありますか。

ある　　ない　　内容・テーマ(　　　　　　　　　　　)

現在完成した作品をお持ちですか。

ある　　ない　　ジャンル・原稿量(　　　　　　　　　　　)

書　名			
お買上 書　店	都道 府県　　　市区 郡	書店名	書店
		ご購入日	年　　月　　日

本書をどこでお知りになりましたか?

1.書店店頭　2.知人にすすめられて　3.インターネット(サイト名　　　　　　　　　　)

4.DMハガキ　5.広告、記事を見て(新聞、雑誌名　　　　　　　　　　　　　　　　)

上の質問に関連して、ご購入の決め手となったのは?

1.タイトル　2.著者　3.内容　4.カバーデザイン　5.帯

その他ご自由にお書きください。

(　　　　　　　　　　　　　　　　　　　　　　　　　　　　　　　　　　　　　　　)

本書についてのご意見、ご感想をお聞かせください。

①内容について

②カバー、タイトル、帯について

弊社Webサイトからもご意見、ご感想をお寄せいただけます。

ご協力ありがとうございました。

※お寄せいただいたご意見、ご感想は新聞広告等で匿名にて使わせていただくことがあります。

※お客様の個人情報は、小社からの連絡のみに使用します。社外に提供することは一切ありません。

繰り返してはならぬ

悲しみの歴史を年若い娘のガイドする声に
脈々と流れる沖縄の熱い思いが
私の心に　強く強く　熱く響いた

仮面舞踏会

仮面舞踏会へようこそ
身分を隠して人と出会う
もう一人の自分になってつける仮面
こころはずむひそやかな時
出会いの予感
胸がときめく恋の駆け引き
そこに渦巻く華麗なるエゴ

人は皆　仮面をつける
心の奥を見せまいと
二つの顔を持つ

いたみ　うらみ　ねたみ
隠そうとすればするほど現れる仮面の下に潜む負の姿
おぞましい欲望と羨望の顔　顔　顔
国民の為と言いつつ満たされない社会
傲慢な欲と権力を秘めた仮面が今日も舞い踊る

雲の家族

夏の夕暮れ
淡青色の空に
雲が風に乗り家路を急ぐ
灰色がかった色はお父さん
白くてちいさなこども雲
うすくれないはお母さん

今日一日ごくろうさまと
仰ぎ見て声をかけた
しだいに連なって重なり合う
きっとあそこが雲の家なんだ

夏の太陽が強烈な光を放ち灯りをともした
とどまることを知らない雲の家族
だがほんの一瞬重なった雲のふちどりに
ゆたかな柔らかい光があふれていた

ラブレター

三十八年間勤めあげた会社を退職した夫に
わたしは手紙を書いた
夫として父親としての稼ぎ手には
これまで沢山の苦労があったことだろう
単身赴任
人間関係
会社の看板を背負った責任

いつも順調で楽しい事ばかりではないのが世の常
そんな中ででも家族の為に頑張ってきてくれたのだ

一方女性は
妻として主婦として母として家にいることの多かった時代
掃除・洗濯・家事・子育てと慌ただしい日常の中で
家族が健康で日々過ごせるようにと気を配ることに明け暮れた
二人がそれぞれの持ち分の中で日々過ごしてきたのだ
親として夫婦としての関係は
ある時期をみて解放し
ひとりの自立した人間の有りようとして
つきあっていくのもいいのではないだろうか

後半の人生のあり方　自分の時間を見つめ直して欲しい
そんな思いでラブレターを書いてみた
まだ夫からはラブレターはもらっていないのだが

春への誘い

皆さん　春になりました
暖かい日差しがあなたを待っています
田んぼには早苗みどりの行列
菜の花のパレード
タンポポも微笑んでいます
ひょっとしたらヨモギやつくしに出会えるかも
桜吹雪の舞姿もあでやかですよ
芝桜の絨毯の上で空を眺め
おにぎりをほおばって
そして思いっきり笑って
それから思いっきり深呼吸をして

春の息吹を思いっきり感じてみてくださいね
家でくすぶっているあなた
そう　あなたですよ
暖かい日差しの招待状に
「参加」と書いて返信してください

汗

働くということ
人が動くということ

いつも食べている毎日の食事
日々歩いている舗装された道
時間通りに発着する電車
それらはさまざまな分野で
働く人々の汗の結晶だ

笑いの中に光る汗
辛さの中に耐える汗

一生懸命に働く人のすがすがしさ
その汗が輝くとき尊い何かを感じさせる
表だっては見えないけれど
人はみな
見えないところで汗をかいている

夫と妻のシーソーゲーム

結婚したての頃はお互いがよくわからなくて
高くなったり低くなったりのシーソーゲーム
勢いをつけたり止まったり
それなりにおもしろみもあったり
けんかしたり

こどもが生まれ家族として成長するとき
時には高く時には低く

その時に応じてそれぞれの間合いを感じるようになった

子育ての時期が終わり
お互いのいたわりが必要になった今
同じ目線の高さが心地よい

時の流れ

時は　無表情で正体不明
かつて古代の人はその存在を確かめたくて
日時計を作った
陽の光で目覚め
夕暮れは安らぎを求めて家路につく
鐘の音で時刻《とき》を知らせた
時は　自然界の万物に寄り添い
一分一秒と休むことのない働きものだ

時の流れは　変化していくもの
花も犬も人間も　そして街の風景さえも

季節は巡り移り変わる
春には満開の桜が人を喜ばせ
夏には緑の葉が人々を癒し
秋には大輪の菊が咲き誇り
冬には健気にサザンカが咲く

命の流転も　時の流れだ

元気で共に過ごしていた父も母も
いつしか一つの通過点として旅立っていった

やがてわたしもその時が来るだろう
思いがけず死と向き合う場面に出合い
私自身と向き合った時　今迄自分なりに

その時その時を一生懸命に生きてきたと
自分に納得することができた

プレッシャーを自分の糧にして
大舞台で活躍する若者のさわやかさ
未来が明るい　時の人だ

人と人が複雑に絡み合う人間社会
受け入れがたいと思っていたこころの壁が
いつしか和らぎ許しあえる　時のマジック

そんな時節と心のありようを
時の流れは　私達に提供してくれる
歩みを止めない　時の流れ

あせらなくていい
今ある時間をどんなふうに過ごしていくかは
私達　一人ひとりに委ねられている

まさに　時は　金《きん》なりと

ユー　アンド　アイ

ユー　アンド　アイ　あなたと私
私は私　あなたはあなた

ユー　アンド　アイ
私達は　地球に住む人間
私達は　人と人とのつながりだ

ユー　アンド　アイ
あなたとわたしは　好みがちがう
　　　　　　　　　考えがちがう
　　　　　　　　　生き方もちがう

あなたがいるから　語りあい
　　　　　　　　　いたわりあい
　　　　　　　　　分かちあえる

ユー　アンド　アイ
あなたとわたしは　ちがう人間
だから　寛容に認めあい
感謝の心でつながっていたい

出会った人

カルチャーセンターで出会った九十代の女性達

Mさんは　若い頃勉強したいと思っていたけど
戦争で学べなかったからといって通っていらした

Aさんは　はっきりとした物言いでやはり学ぶ意欲十分で
確かな存在感を示し旅立たれた

Wさんは　いつもおしゃれに気をつかい
凛とした姿で受講される
ご家族の理解と見守りのなかで

前向きでしかも謙虚な素晴らしい生き方を
それとなく示して下さる

ある日　久しぶりにお会いした
Tさんは　今もお仲間と共に活動の場を広げ
いきいきと過ごしていらっしゃる

寿命百年の時代
どんなに年齢を重ねても
その人なりの前向きな姿勢には心打たれるものがある

長雨

降りしきる雨の日に
わたしは耳を傾けた
ザーザーとたたきつけるような
激しい雨音
ポトポトと木の葉にかかる音
シトシトと地面を濡らす静かな雨音
枝からポタリとしたたり落ちる雨粒の音

水たまりに次々と広がる水の輪は
まるで地上に咲く花火のようだ

五月の風

改札口を出ると
さわやかな緑の風が優しく通りすぎる
長い髪の娘達が語らいながら通りすぎる
太陽は日中の陽の光を弱めながら
通る道に影をやどす
風薫る日暮れどき
わたしは清々しい気持ちで家路についた

ひと手間の喜び

それは二〇一〇年のことだった
病院で手術を控えた朝の配膳の時
いつものようにテキパキと配膳する係りの人が
トレイを手に部屋に入りテーブルの上に置いていく
見るとヨーグルトと一切れの食パンだけ
空しい思いでいたら
戻りかけたその人が再び近づいてきて
パンのお皿を手にとってサッと出て行った
私はあっけにとられていたが
そのお皿の上には香ばしく焼けた一枚のトーストがあり
それを置いてその人はすばやく立ち去った

そのひと手間のサービスをしてくれた情景を
私はいまだに忘れることはできない

現代の浦島太郎

平成から令和に年号が変わった
日進月歩に時代は進む

長年住み慣れた街を歩けばその変化に戸惑うばかり
工事中のところがいつの間にか高層ビルに様変わり
いつもみなれた改札口が移動している
楽しみにしていたお店もすっかり変わってしまった
まさに異次元に来たのかと戸惑うばかり

我々は現代に生きる浦島太郎だ

時代は画期的な勢いで移り変わる
現代を生き未来を生きるには
変化を受け入れる柔軟性をもつこと
ワクワクしながらその変容を好奇心を持って待ち望み
一歩踏み出す勇気が必要だ

しあわせの尺度

バブルの時代は泡のように消え去った
物があふれお金さえあれば
何でも手に入れられると錯覚した時代
バレンタインにはブランドショップで思案する若者の姿
ルンルン気分で酒に酔いカラオケは大繁盛
テレビで放映されることがトレンドだとして行列ができ
メディアの情報がすべてだと自分の尺度の核を手放した
着る物、食べる物があふれ、買った方が安いと人々は言った
そしてゴミの量は増えた
表面的な豊かさとはうらはらに家族の団らんが消えた
子供達は夜も塾に通い、競争の世界に足を踏み入れた

あふれる情報に惑わされサイクルが狂い
流行のベルトコンベアに人々は居並んだ
そして誰もが携帯を持ち個々の世界が広がった
給料は自動振り込み支払いは自動引き落とし
数字だけが幅をきかせた
疲れきって家路につく働き手に
ねぎらいの言葉と安らぎは健在だったのだろうか
便利さと飽食に慣れきった末には
人間本来の持つ「幸福の尺度」として
人はささやかな幸せに目をむけるのかもしれない

地球という惑星に生まれて

地球上に人が住むようになって長い長い歴史が刻まれた
人は生きるために田畑を耕し獲物を捕って生きてきた
男は働き女は子供を産み脈々と命をつないできたのだ
動き回るほどに視野が広くなり、考え、知恵もついた
お互いの交わりの中で助け合うことも争うことも覚えた
そうやって連綿と歴史は作られてきたのだ

今にして思えば共存する事で繁栄し
戦うことで権力を持ち勢力拡大の欲を満たして来たのだ
戦争が破壊と悲しみをもたらすことを知りながらも
繰り返す悲劇

しかし様々な文化や言葉の違いがあっても
相互に話し合い折り合い、仲良くして現在がある
今や地球に住む同胞として一人一人が
心を開いて共存していく賢さが問われる時代が来たのだ

私好み

要領の良い人より
　木訥でも誠実な人がよい
饒舌で計算高い人より
　正直で信頼のおける人がよい
欲深い人より
　「足る」を知っている人の方が好ましい
与えることをせず
　我欲の強い人は淋しい人だ
親切ごころがそろばんをはじくようでは
　空しさが残る

不器用でもその人なりに
健気に生きている姿は美しく好ましい
見返りを求めず
笑顔を共有できる人の輪を
わたしは築いて生きていきたい

人生って？

この世にいのちをうけて歩み始める
人生っておもしろい？
人生ってつまらない？
人は生きるために食べ学び働く
人生に明るい光を求めるか
暗闇の世界をさまようか
選ぶのはあなた次第

成功した人がしあわせ？
お金持ちがしあわせ？
果たしてそうだろうか

どんな人でも辛かったこと
淋しかったことがあるだろう
何でもかんでも欲張りが得？
損をしても徳を得ることがある？
人生っておもしろいものかもしれない
いつも文句を言っている人、あなたはしあわせ？
いつも文句を聞かされる人は不愉快だ
そんなときは立ち止って一呼吸いれてみるとよい
心にゆとりがあればおのずと解決策がみえてくる
あなたのこころは今冷えている？
にこやかな笑顔にであうと
なんだか心がほっこりする
ありがとうの言葉がこころを通わす

人それぞれの人生
寄り道したっていい
やり直してもいい
自分の人生を大切に
とにかく一日一日を私なりに生きる
前を向いて歩いて行く
若い頃お金と時間の使い方が
一番難しく一番大切だと聞いた言葉が
今もわたしのこころに宿っている

心のひだ

自分でも気づかぬうちに
柔軟な感性がとつとつと鈍い音を立てる
過ぎていく時間の重なりで感覚が鈍くなる
心のひだのかさかさする音の正体を知りたくて
晴れた日に散歩した
朝の澄んだ空気が堅い心をノックする
研ぎ澄まされた感性を呼び起こすように
花々のおしゃべりが聞こえてきた

雨の夕暮れ

雨に煙る夕暮れ時は
わたしのこころ模様に寄り添い
なんとなく侘びしい

通る人影もなく
鳥のすがたも見えない

しっとりぬれた屋根瓦と
木の葉にかかる雨のしずくが

しずかに

しずかに

時を刻む

煙突

煙突とかけて何ととく
人の一生ととく
そのこころは

モクモクと煙る勢いは
青春期を思わす力強さだ
やがて風まかせ

だんだんほそく
だんだんゆるく
大気と同化する

車窓から見た
煙突のけむりのそれぞれは
十人十色だ

母への子守歌

おかあさん　お母さん　お元気ですか
遠く離れていても
いつもいつも　わたしのこころに

おかあさん　お母さん　お話しましょう
遠く離れていても
風に　風に　便りをのせて

おかあさん　お母さん　覚えていますか
丸くて大きい　スイカ
みんなで食べた日のことを

おかあさん　お母さん
忘れてませんか
やさしいことばで
ほほえんでくれた　あの笑顔を

落ち葉のいたずら

キリリとした空気の朝
舞い散る落ち葉を掃き清める
竹ぼうきのシャキシャキ感がなんとも心地よい
朝の仕事を終えたと思っていたら
玄関先に立つたびに枯れ葉の山
どういうわけか我が家の前に集まってくる
度重なる風のいたずらに
ため息の連続
うらめしく立ちすくんでいると
ふと昔話がよみがえった

きつねが葉っぱをお札に変える

すると途端にほうき持つ手が軽く
ウェルカムの気持ちになった
苦々しい顔もクスッと笑顔になった

拝啓　見慣れた海へ

いつもの穏やかな海が突然襲いかかってきた
あの恐ろしい光景
何もかも無情に飲み込んだ破壊力
いつも多くの喜びを与えてくれ
私の心を慰めてくれたあの海が豹変した
想像をはるかに超えた強い力に
わたしは戸惑うばかりです

魚たちは知っていたのでしょうか
荒れ狂う波に翻弄された日のことを
あの日から人も魚も多くの悲しみを抱え

日々を過ごしているのです
笑うことなんてできません
悲しむことさえできないのです
豹変したあなたが残した痛ましい爪痕
それを現実のものとして受け止めるのに
わたしのこころは
かたくおもく閉ざされているのです
どんな慰めもどんな励ましも
今の私の心には届かない
だからもう少し時間をください
はり叫びたい悲しみをおさえて
奥深いこころの底で
必死に闘っているのですから

再び凪のあなたを
冷静に見つめられるその日がくるように

祈り

小さな風のいたずらで
どこかに吹き消されていくような幸せではなく
つつましくほのぼのとした
だれにも吹き消されないような愛情を
お互いの力ではぐくむことができますように

表現する楽しみ

絵を描く
歌を歌う
花を生ける
詩を書く
表現する
これらのことが人生を半ば過ぎての楽しみとなった
新たな自分へのチャレンジだ

まだ見ぬわたしと向き合う時間
世代の違う仲間と交わるおもしろさ
時間をかけて磨きをかける

あせる必要はない
やればやるほど奥深く
知れば知るほど世界が広がる
ちいさな歩みで楽しみながら私の人生を彩りたい

人の音詞

人は　人の後をたどり
人は　糸を織りなすように人と絡み合う
人は　どんな人でも干支をもち
人は　音を発し
人は　事に対し異なる言葉を話す
人は　里に育ち
人は　尿《しと》を放つ
人は　外に出て見聞きし
人は　父《とと》の後ろ姿に学ぶ
人は　二兎追う者は失いやすいと諭され
人は　鳩を飛ばして平和を願う

人は　一人
人は　その人なりの根を張り
人は　的に向かって進む
人は　元もと　元気な者なり

太陽に感謝状

ここにあらためて
太陽さん　あなたに感謝状をおくります
はるかはるか長きにわたって
地球上に明るさをもたらしてくれました
この星に生息する生き物すべての感謝をこめて
ありがとう　と伝えます

明るい日射しの下でわたしたちは成長し
喜びや希望を見いだし夢を育んできました
そして日一日と朝を迎えてきたのです
豊かな色彩のまぶしさ

あたたかい陽だまりのぬくもり
太陽さん　それはあなたのおかげです

多くの人が苦しんだ貧困　戦争　天災に怯えた日々も
あなたは厚い雲におおわれながらも見ていたのですね
地球上で流されたたくさんの人々の涙　悲しみ
それらをすべて吸い取って浄化し
あなたは　光の輝き　となって届けてくれる
そして黙って背中を押し前に進む勇気を与えてくれる

そんなあなたが大好きです
大きな大きな存在のあなたに
今日もどこかで誰かが
感謝の心を届けています

あなたがいるということ

あなたがいてくれるだけで
なんとなく安心でき
あなたがいてくれるだけで
あたたかな空気感が流れる
二人で食べる食事
二人でお茶を飲む時間
何気ない語らいが
何でもないことなのに
幸せな時
でもいつか
一人になるときもあるだろう

そんな時も覚悟して
二人でいる時を楽しもう

優しさの種まき

自分の足で軽快に歩く
身軽に動き回れる
そんなことが難しくなった
キャリーと杖を頼りに街に出る
それがわたしのリハビリ歩き
電車に乗る
色んな場面に出合う
席を譲ってくれる人がいる
「お手伝いしましょう」といって
キャリーを運んでくれる人がいる
若い人・女の人・男の人・外国の人

みんな優しい心の持ち主だ
わたしは目をみて
「ありがとうございます」と言うが
それ以上の感謝を伝える手立てを
ある日考えた

優しさに出合ったら
一回百円積み立てしよう

生きてる間に優しさの種まきをして
社会に還元しよう

それが今わたしにできる
小さな小さな行動である

ことば

ことばとかけて何ととく
ブローチととく
そのこころは
人の心にひびくとき
宝石となって煌めき
思いやりのないときは
容赦なくグサリと刺す
一個の何気ないブローチが
格上げもするし
野暮さも呈す

私という人間

私には肩書きはいりません
今ある私自身をそのままみてほしい
人は先入観や偏見でその人なりを見ず
勝手な憶測で判断しがちだ
どんな環境であれ素直な気持ちで
精一杯生きている人を応援したい
そんな思いが積み重ねた年輪の上で
私の生きざまはここにある

ことばあそびのうた

（あかさたな　二首）

あ　朝目覚め
か　体を動かし
さ　さわやかに
た　楽しみ見つけて過ごそうか
な　なにかいいことないかしら

あ　歩いていると
か　垣根越しに
さ　さやかに香るキンモクセイ
た　たそがれは早くなり
な　なんとなく急いで帰る家路かな

（いきしちに）
い　生きてきた
き　記憶の数々
し　しまいこみ
ち　縮みゆく背丈
に　認知衰え

（うくすつぬ）
う　美しい
く　国の日本に生まれ育ち
す　素晴らしさを
つ　痛感する
ぬ　ぬか漬けはお袋の味

（えけせてね）

え　駅前の
け　ケーキの
せ　セールを
て　手土産にと
ね　念をいれての頼み事

（おこそとの）

お　男の子
こ　子供の頃は可愛くて
そ　外での遊びに日が暮れる
と　突如としての声変わり
の　伸びゆく背丈は上目線

（はまやらわ　二首）

は　春が来て
ま　まぶたをこする目のかゆみ
や　やわらかティッシュで鼻をかむ
ら　乱立気味の花粉症
わ　笑って済ませぬ辛い時期

は　張り切って掃除をしよう
ま　まめに手を動かして
や　野菜を料理する
ら　ランラ　ランラ　ラン　と口ずさみ
わ　笑って過ごす今日一日

（ひみいりい）
ひ　姫りんご
み　実は小さくも
い　生き生きと
り　凜としてなる
い　いじらしさ

（ふむゆるう）
ふ　不節制
む　無理がたたって
ゆ　ユル休み
る　留守と宣言
う　潤いのとき

（へめえれえ）
へ　平穏な日常消えてのコロナ禍に
め　めげることなく働く人
え　衛生面に気をつけて
れ　冷静に時を見定めてと
え　エールをおくる

（ほもよろお）
ほ　ほほえみを
も　もらって嬉しい
よ　良き日かな
ろ　老人ホームの
お　お手伝い

短歌

（子育ての情景）

あどけなき笑顔を見せるいとし子に
一日《ひとひ》の疲れしばし忘るる

いけないいとたたき教えるおさな児へ
わが胸も痛くかなしや

湯あがりに銭湯で見る母と子の
笑みで結ぶ対話ありしも

泣き声と笑いの一日夜も更けて
音の調べにこころ安らぐ

伸びやかな笑顔振りまく幼子に
夏の日差しは輝きを増し

二人して向き合う顔のあどけなき
朧月夜に時は過ぎゆく

かあかんと足取り軽くかけ寄りて
手を携える夏の夕暮れ

争いの強弱ありて公園の
泣き声同じ家路ゆく子は

夕餉時せがみし子らに応えつつ
度重なればこころ苛立つ

微笑めば微笑み返すみどり子に
　時の経つのを忘れてぞかし

幼稚園善きも悪しきも身につけて
　言葉交わせし兄弟は

ハイポーズ争う一瞬《とき》を撮りたくて
　余裕を見せし兄の面立ち

（家族の情景）

星冴えて夫《つま》の帰りを待ちわびつ
時計を見ては編む手進めし

帰りこぬ夫の帰りを案じつつ
鍵の音にぞ耳をそばだて

久々に孫とまみえし父母の
心汲む間に言うに言われず

足腰の弱きを助け手を添える
鼻歌まじりの父の卒寿

父母の大正昭和平成と　齢重ねる長寿祈りて

まぼろしのれんげ畑や蟬の声
亡き人々の姿覚えて

反抗期息子の電話に安堵して
夜中に囁くアイラブユー

（恋ごころの情景）

名も知らぬ人を恋せし吾なれば
めぐり合う機を再び祈りし

一瞥を与えし君を知らずして
言葉交わさず去りにゆくかも

街ゆけば君の面影目にうつり
忘れしはずの心驚きぬ

ちょっぴり淋しいけどと秋風に
言葉のこして去りしあなたは

吹く風の姿なくして揺れ動く
舞い散る花の哀しさよ

（その他の情景）

鑑真の廟を訪れ静謐の
　木立の風情に心澄むかな

道すがら野の花摘みて初夏の風
　いにしえ人の楽しさ想う

頭振る上へ下へと紫陽花の
　今を盛りと水無月の風

さやさやと風とたわむれしなやかに
日射しをうけて遊ぶ柳や

ひそやかに風に舞い散るさくら花
去りゆく人の命を想う

天平の時空の流れを鴟尾《しび》に見る
しずかに語る風雲の跡

穏やかな農家の陽だまり紅葉狩り
影さす土間に人影はなし

楓なる木々の装い美しき
地面に織りなす景色愛しき

降り積もる雪の被災地寒かろと
即席スープを今日また送る

コロナ自粛ゴロンゴロンとテレビ見て
一日過ぎる時の空しさ

膝痛と視力の低下ふしぶしに
加齢なる花咲きにけり

上り坂息絶え絶えに立ち止まる
見上げてみれば秋の空なり

手をひいて欲しい物はと問い聞けば
何もいらぬと白寿の母

久々にまみえし母の手をとりて
我が子と認む温もりありき

穏やかに流れる川面を泳ぐ鴨
父と歩きし冬の景色や